Castaing

OU

VICTIME DES PASSIONS,

Poème historique,

SUIVI

DE POÉSIES DIVERSES;

Par J.-A. Bonjour.

A PARIS,

...SSON, FILS AINÉ, LIBRAIRE,
QUAI MALAQUAIS, Nº 13;
...IEUX, GALERIE DELORME, Nº 13.

1824.

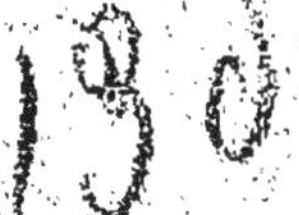

Castaing

OU

LA VICTIME DES PASSIONS.

Quid non mortalia pectora cogis...
..... Auri sacra fames !

VIRG.

DE L'IMPRIMERIE DE RIGNOUX.

Quoique indigné des traits sous lesquels je succombe,
Je saurai sans pâlir m'élancer vers la tombe.

CASTAING

OU

LA VICTIME DES PASSIONS,

POËME HISTORIQUE,

SUIVI

DE POÉSIES DIVERSES;

Par J.-A. Bonjour.

PARIS,

CHEZ MASSON, FILS AÎNÉ, LIBRAIRE,
QUAI MALAQUAIS, N° 13;

PEYTIEUX, GALERIE DELORME, N° 13.

1824.

EXTRAIT

DU

Catalogue général.

—

fr. c.

ANTONIE, ou les Malheurs d'une invasion ;
par l'auteur de *l'Enfant du Coche*. 3 vol.
in-12, fig. 1823. . . . . 7 50

CHARLES BARIMORE; par M. le comte de
FORBIN; quatrième édition. 2 vol. in-12,
ornés d'une très-jolie gravure. 1823. 5

CODE CIVIL DES FRANÇAIS; nouvelle édition, entièrement conforme à celle originale,
et seule officielle; précédée de la Charte
Constitutionnelle, des diverses Lois sur les
élections, sur le notariat, sur les délits de la
presse; d'une nouvelle Ordonnance relative
à la plaidoirie, et terminée par une Table des
chapitres. 1 vol. in-32, imprimé, par Firmin
Didot, sur beau papier vélin *satiné*. 3

CODE DE COMMERCE; nouvelle édition, aug-
mentée des diverses Lois relatives à l'organisation de la Banque de France, du Tableau
de la division des nouveaux poids et mesures,

*

suivi de leurs rapports avec les anciens, de
la Concordance des Calendriers, pour trente
années, d'un Tableau de comparaison des
monnaies étrangères avec les monnaies fran-
çaises, des Lois sur le taux de l'intérêt de
l'argent, d'un Tableau indicatif des rapports
qui existent entre les dispositions du Code
de commerce, et celles des Codes civil et
de procédure civile, et terminée par une
Table raisonnée des matières. 1 vol. in-32,
imprimé, par Firmin Didot, sur beau papier
vélin *satiné.* 1823 . . . .   2 50

CODE DE PROCÉDURE CIVILE ; nouvelle
édition, angmentée des Lois et Règlemens
conceuant l'organisation judiciaire, des Lois
et Règlemens concernant la Cour de cassation
et le Conseil d'État, des Lois sur l'enregis-
trement, du Tarif des frais et dépens, et terminée par une table raisonnée des matières.
1 vol. in-32, imprimé, par Firmin Didot,
sur beau papier vélin *satiné.* 1823   3

DICTIONNAIRE DE RELIGION, ou Leçous
de littérature sacrée. 1 vol. in-12, orné d'une
très-belle gravure.   3

ÉPOQUES REMARQUABLES DE L'HISTOIRE
UNIVERSELLE, ou Morceaux extraits des
historiens anciens et modernes. 5 vol. in-12,
fig.   15

fr. c.

Chaque partie se vend séparément, savoir :

ÉPOQUES DE L'HISTOIRE ANCIENNE. 1 v.
in-12, fig. 1823.   3

ÉPOQUES DE L'HISTOIRE DU BAS-EMPIRE.
1 vol. in-12, fig. 1823. . . ".   3

ÉPOQUES DE L'HISTOIRE DE FRANCE.
2 vol. in-12, fig. 1823.   6

HÉRITAGE (l') DE MON ONCLE L'ABBÉ; par
M. de Choiseul. 2 vol. in-12, fig. 1823. . .   5

MÉDITATIONS SUR L'ÉCONOMIE POLITI-
QUE ; traduit de l'italien du comte Verry,
sur la septième édition. 1 vol. in-8. 1823. .   3 50

NOUVELLES. 1 vol. in-12, fig. 1823. . . . .   2 50

POÉSIES DE L. RACINE FILS ; nouvelle édition. 1 vol. in-8 de 40 feuilles, imprimé par
Firmin Didot, sur beau papier satiné, et
orné de 3 jolies gravures. 1823.   9

SOUVENIRS POÉTIQUES de deux prisonniers;
par Magalon et Barginet. 1 vol. in-18,
grand raisin *satiné*, portraits. 1823. . . . .   3 50

TABLEAU HISTORIQUE des progrès de la ci-
vilisation en France , depuis l'origine de la
monarchie jusqu'à nos jours; par C. Des-
marais. 1 vol. in-18. 1823.   3

ABRÉGÉ de toutes les sciences; par Masson.
1 vol. in-8, fig.   9

A MON RESPECTABLE PÈRE.

Mon oreille a souvent entendu ces sages avis de votre bouche : Fuis la volupté des Muses, redoute leurs trompeuses douceurs, *latet anguis in herbâ*. Je n'ai point méconnu cette voix. Cet essai n'est qu'une légère dérogation aux traités que nous formons quelquefois ensemble auprès du foyer. Ce n'est que le produit de quelques élucubrations que l'aurore n'a jamais éclairées.

Ah! ne me blâmez pas ; je ne puis résister

au désir de vous adresser ce premier essor de ma plume, il vous est bien dû. Puissiez-vous y trouver une légère récompense des soins littéraires dont vous avez environné mon jeune âge, tout en me destinant à une carrière que les Muses n'ont jamais parcourue; puissiez-vous, en accordant un coup d'œil à quelques pages de ce volume, ne point toujours blâmer ingénieusement mes pinceaux. Votre aveu seul sera le terme de mon ambition, ma plus douce gloire.

Votre respectueux fils,

J. - Auguste BONJOUR.

TABLE DES MATIÈRES.

FIN DE LA TABLE DES MATIÈRES.

PRÉFACE.

—

ÉMOIN oculaire, en grande partie, d'un
 plus fameux procès qui aient noirci les
 aales judiciaires, j'ai recueilli avec un
 n scrupuleux, et pour le seul but de mon
 truction personnelle, les faits dont je re-
 ttais de ne pouvoir être spectateur as-
 u. L'irrégularité, l'altération des détails
 ront donc les moindres reproches que l'on
 ourra faire à cet ouvrage, enfant de la
 ipidité et d'une imagination novice dans
 art d'enlacer les mots avec symétrie et de
 s assujétir aux lois de la rime.

Nec fonte labra prolui caballino
Nec in bicipiti somniasse Parnasso
Memini, ut repente sic poeta prodirem.

PERSE.

b

FIN DE LA TABLE DES MATIÈRES.

PRÉFACE.

—

Témoin oculaire, en grande partie, d'un des plus fameux procès qui aient noirci les annales judiciaires, j'ai recueilli avec un soin scrupuleux, et pour le seul but de mon instruction personnelle, les faits dont je regrettais de ne pouvoir être spectateur assidu. L'irrégularité, l'altération des détails seront donc les moindres reproches que l'on pourra faire à cet ouvrage, enfant de la rapidité et d'une imagination novice dans l'art d'enlacer les mots avec symétrie et de les assujétir aux lois de la rime.

> Nec fonte labra prolui caballino
> Nec in bicipiti somniasse Parnasso
> Memini, ut repente sic poeta prodirem.
>
> PERSE.

Ordinaires excuses, me dira-t-on, d'un
perfide écrivain qui veut suppléer par la
modestie d'une préface au mérite de l'ouvrage ; et soigneux d'amadouer un lecteur
sévère, tâche de le conduire d'ennuis en
ennuis, toujours soutenu par l'indulgence,
jusqu'à la fin du volume. Non, n'amoncelons
pas d'avance l'orage sur mon front, la cri-
tique n'a besoin ni d'aiguillon, ni de guide.
Maligne, je dois la braver, sincère et généreuse, m'y soumettre.

Le 15 décembre dernier j'ignorais encore
qu'il dût être question d'un procès en vers,
et du procès de Castaing.

J'avais recueillis, je le répète, tous les
élémens de cette célèbre procédure pour
mon instruction ; en les relisant, je fus
frappé d'une certaine couleur dramatique
dont les derniers momens de la comparution
de ce malheureux à la Cour d'Assises avaient

été enveloppés. L'heure de sa condamnation, la majesté d'un tribunal environné d'une foule de jeunes avocats, le morne silence, l'inquiétude pénible de l'assemblée qui, depuis huit jours, fidèle à la curiosité, attendait l'issue de ce procès; l'entrée imposante des jurés apportant avec eux la mort ou le salut de l'accusé; enfin, sa condamnation suivie du tableau le plus déchirant, tout semblait m'offrir une source féconde d'idées poétiques.

Je voulais donc faire du tableau que présentait la Cour d'Assises à l'instant de la condamnation, une pièce de soixante ou de quatre-vingts vers. Ils furent faits, mais rien ne se rattachait à cette pièce isolée. Je compris que décrire l'issue d'un événement n'était rien décrire; l'issue seule pouvait présenter des détails précieux pour la plume du poëte, il fallait y conduire, il

fallait jeter un pont, faire un début, une
suite.

Passer par les détails les plus abstraits
d'une procédure minutieuse; promener une
muse peu aguerrie à travers des routes se-
mées de mille écueils, sur un sol aride et fa-
tigant, telle était la tâche que me traçait ma
folle entreprise. Aiguillonné par je ne sais
quelle ardeur ambitieuse, j'ai essayé d'a-
planir cette tâche et de retrancher par in-
tervalle tout ce qui n'offrait aucun intérêt,
et ne pouvait jeter qu'une lumière auxiliaire
et même inutile sur un récit littéraire.

Après avoir essayé à peu près cinq ou six
cents vers pour arriver à cette fin deja
construite; je fus découragé par cette masse
de vers. Puisse-t-elle ne produire cet effet
que sur son auteur. L'ennui concentré ac-
quiert le double pouvoir de son essence
et de sa concentration : divisé, il semble

moins menacer notre patience. Je divisai donc cette informe production en quatre parties que je qualifiai du nom de chant; le titre de poëme découle tout naturellement de cette distribution.

J'ignore si j'ai fait un poëme ou tout autre morceau de poésie. Le peu d'ornemens échappés à ma plume suffira-t-il pour le rendre supportable ? C'est au public, ce nombreux et redoutable aréopage, de m'apprendre si j'ai rempli la tâche que je me suis imposée, ou commis une imprudence en lui livrant un ouvrage dont le sujet, d'un intérêt trop déplorable, occupait naguère l'attention de notre capitale encore effrayée de ce terrible procès.

Quel tableau pouvait offrir plus de contrastes que celui que nous retrace le jugement de Castaing? Un jeune homme élevé dans le sein de cette société dont les mœurs

douces et polies ne devraient former que des
sujets dignes d'elle, nourri de l'exemple des
vertus domestiques qui font l'honneur et
l'ornement de sa famille, doué de ces brillantes qualités qui constituent l'homme es-
timable, orné même de ces dons extérieurs
de la nature sous lesquels l'imagination
charmée par le rapport de l'œil aime à
supposer une belle âme; un tel jeune homme
accusé d'empoisonnement, de vol, de tout
ce qu'un meurtre froidement étudié peut
cacher de plus révoltant; un tel jeune
homme, traîné devant les tribunaux criminels et condamné à périr par le supplice
le plus ignominieux! Nos yeux ne sont
que rarement frappés de spectacles aussi
terribles et aussi imposans, de tels traits
divers ne déchirent et n'attendrissent point
souvent nos cœurs par l'étrange alliance
de leur sensibilité à leur infamie.

Castaing, jeune médecin, peu gratifié des
dons de la fortune, se lie avec deux amis
fort riches : Auguste et Hippolyte Ballet.
Le plus jeune, affecté d'une maladie dont
les lents ravages de s'arrêtent jamais, fait
son testament au détriment de son frère.
Sa maladie prend une marche plus sinistre
et plus rapide. Castaing s'enferme avec son
ami, et veille presque seul pendant quatre
jours entiers à son chevet. Le malade succombe : une richesse éblouissante et inattendue environne bientôt Castaing. Il verse
alors tout son attachement sur Auguste,
l'aîné des deux frères. Auguste écoutant la
voix de quelques soupçons qui s'éveillait
en lui sur l'opulence rapide de Castaing, sent
se refroidir peu à peu l'amitié qu'il avait
pour lui. Castaing s'en aperçoit, redouble
de zèle auprès d'Auguste, cherche à ranimer cette précieuse étincelle, et bientôt

Auguste, plein de vigueur, de jeunesse et de santé, fait son testament en faveur de Castaing. L'esprit des testamens prématurés était dans cette famille. Auguste conçoit de l'aversion pour son légataire. Le caprice le plus léger, le moindre sujet de mécontentement peut renverser le fragile et brillant espoir de Castaing ; le testament peut s'anéantir. Un voyage se projette pour Saint-Cloud ; les deux amis s'y rendent seuls. Auguste est attaqué pendant la nuit de douleurs terribles, après avoir pris du vin chaud. Le lendemain il ne peut se lever. Castaing, loin de lui prodiguer des soins assidus, part de grand matin sous prétexte d'aller respirer la fraîcheur, arrive à Paris, achète du poison et revole à Saint-Cloud. Il ordonne du lait froid pour son ami. Auguste boit le lait. Fatal remède ! Des convulsions voisines de la mort l'assiégent tout à coup; une tranquillité momentanée semble offrir un rayon d'espoir sur son sort. Une potion calmante est administrée des mains de Castaing. La mort la suit de près.

Quoique j'aie parlé de deux victimes dans le cours de mon poëme, je n'ai pourtant point prétendu faire peser cette double accusation sur les cendres de ce malheureux justicié. Des circonstances peu graves l'ont accusé de la mort d'Hippolyte; les jurés n'étant point suffisamment éclairés par les preuves, ont abandonné ce premier chef. Il serait inconvenant à moi de paraître avoir découvert des indices qui auraient échappé à leurs lumières. Plusieurs passages semés dans le dernier chant prouveront que j'ai aussi ma religion sur cette affaire. Les trois autres ayant été calqués sur le modèle des présomptions tirées de l'acte d'accusation lui-même ; quelques traits de ressemblance pourront bien les confondre ; les mêmes erreurs qui auraient pu se glisser dans l'original auront bien pu se glisser aussi dans la copie, mais l'altération du moins ne peut être soupçonnée ; je n'ai point accusé Castaing, je ne l'ai point jugé.

Eterno sub judice lis est.

L'Éternel seul a le pouvoir d'approfondir la conscience des criminels et de les juger avec toute la rigueur qu'exigent les nuances du forfait. Ils ont tous quelques droits à sa clémence.

Ce mortel qui, plongé dans les flots d'une orgueilleuse opulence, assourdit son oreille aux gémissemens de l'indigente vertu et la laisse expirer sur les degrés de son palais ; l'artisan sans travail qui, pressé par les conseils d'une faim inexorable, arme sa main du fer qui devrait le nourrir, et frappe au hasard le passant ; la jeune fille qui, trahie indignement, s'irrite des perfidies d'un inconstant amour, s'égare et court plonger son bras dans un sein que naguère sa douce impression faisait palpiter ; et ce brigand fameux, né pour le sang, qui, ambitionnant l'honneur d'être associé à ces bandes infernales, apporte à sa main la liste de ses forfaits pour titre, et plus tard marche à l'échafaud après avoir épuisé toutes les horreurs de la scélératesse : tous ces êtres ne seront point également proscrits de l'éternelle félicité. Que dis-je ? il est peut-être encore dans toutes ces âmes souillées, quelques traces de vertu que la noirceur n'a point effacées. Démêlées et recueillies avec soin, ces traces pourraient faire naître encore des bienfaits dont le nombre balancerait devant Dieu le nombre des iniquités.

L'innocent, faible et prêt à tomber, et le coupable lassé du crime, sont peut-être aussi près l'un que l'autre de la vertu; dans l'un, le moindre ébranlement peut la détruire; un repentir, né de la satiété, peut la ramener dans le cœur de l'autre. Les passions, l'amour-propre, l'exemple, la faiblesse et les circonstances, voilà l'homme.

CASTAING.

—

CHANT PREMIER.

Castaing,

OU

LA VICTIME DES PASSIONS.

Chant Premier.

—

ARBRES de fleurs parés, frais gazons, doux ruisseaux,
Éloignez de mes yeux vos séduisans tableaux.
Muse des noirs forfaits, viens irriter ma veine,
Suspends un crêpe sombre à ma lyre d'ébène ;
Du Dante, de Shakspeare offre-moi les couleurs,
Rappelle à mes esprits leurs sublimes horreurs,
Imprime à mes accens leur mâle caractère,
Peins le crime entouré des replis du mystère ;
Et d'un cœur jeune encor dévoilant les noirceurs,
De nos yeux malgré nous fais couler quelques pleurs.

Où va ce char portant une pâle victíme?
Il semble s'avancer vers l'enceinte où le crime
Des remords déchirans las de traîner le poids,
Trouve enfin le repos sous la hache des lois.
Que vois-je? L'œil baissé, courbant sur sa poitrine
Un front appesanti que la douleur incline,
Un jeune homme est assis sur le banc du trépas;
Un ministre des cieux le soutient dans ses bras,
Reçoit ses repentirs, sa seconde innocence,
Entr'ouvre devant lui le séjour de clémence;
Et, montrant du pardon le céleste flambeau,
Sème de quelques fleurs le chemin du tombeau.
Mais quel nom retentit à mon âme attristée?
Castaing! Je sens frémir ma douleur irritée.
Meurtrier caressant, avec art inhumain,
Le fer n'a point armé ta redoutable main.
Sur le sein d'un ami, ta sanguinaire audace,
De tes coups médités n'a point choisi la place.
Ta molle perfidie à ces grands attentats
A préféré l'horreur d'un plus sombre trépas.
Ministre d'Esculape, orné de sa science,
Ton âge avait conquis la prompte expérience
Des chimistes fameux dont les sages leçons
Pour les bienfaits du peuple enseignaient les poisons.

Ces philtres innocens aux mains de l'innocence
Par tes mains profanés t'ont prêté leur puissance.
C'est peu, de tes desseins la secrète noirceur
Des ténèbres du crime invoque l'épaisseur.
Du puissant Machaon les lois mystérieuses
Redoublent à ta voix leurs ombres précieuses,
Du lit de ta victime, en proie à tes secours,
Des témoins par ton ordre est banni le concours.
Pour toi d'un étranger la vue est un reproche,
Tu sembles redouter que le salut n'approche.
Ton art d'un corps glacé détruisant les ressorts,
Aux efforts de la vie oppose ses efforts;
Un bruit s'entend; on vient. Une pâleur subite
Fait mentir sur ton front ta douleur hypocrite.
Près du lit d'un ami succombant sous tes coups,
Les yeux noyés de pleurs tu tombes à genoux.
Muse raconte-moi quelle soif d'opulence
D'un mortel inquiet pressa la vigilance,
Dans son cœur agité fit retentir ses cris;
De conseils corrupteurs embrasa ses esprits,
Et du faste orgueilleux montrant le char perfide
D'un mortel bienfaisant fit un lâche homicide.

Né d'honnêtes parens, enrichis par l'honneur,

I.

Décoré de l'éclat de cet art bienfaiteur
Qui, de succès heureux couronnant la science,
Jusqu'au chevet des rois conduit l'expérience ;
Soutenu par la gloire, actif, laborieux,
Castaing, s'il eût dû l'être, eût été vertueux.
Mais l'ardeur d'envahir une immense richesse
Tyrannisait son cœur, dévorait sa jeunesse :
Pouvait-il être heureux? Ce fantôme éclatant
Sous ses yeux éblouis passait à chaque instant;
Et, pour surcroît de maux, une indigente amie,
(Mais dont l'âme trop noble ignorait l'infamie);
Deux enfans à cet âge où le rire innocent
Parle au cœur paternel un langage puissant.
Ces trois êtres chéris du fonds de leur misère
Appelaient sur leur front son secours tributaire.
Son oreille partout entendait leurs accens,
Ils ébranlaient son âme et gouvernaient ses sens.
D'assurer leurs destins, préoccupé sans cesse,
La crainte, l'espérance agitaient sa tendresse.
O vertueuse amie! écrivait-il un jour :
Ne pourrai-je jamais, secondé par l'amour,
A force de travaux fatiguer l'infortune,
Bannir loin de tes yeux sa présence importune,
Et poser satisfait ma tête sur ton sein,

Enrichi des trésors qu'aura conquis ma main ?
Et doit-on s'étonner que de cette âme ardente
Ait jailli des forfaits la flamme dévorante ?
Quand, et par quel moyen secouant le malheur,
Aux pieds de la beauté qu'idolâtre son cœur.
D'une aisance magique à sa voix descendue,
Viendra-t-il déposer l'offrande inattendue ?
Déjà de deux amis, le confiant accueil,
De leur riche maison lui permettait le seuil.
Son zèle, de son art le flambeau salutaire
Présentaient à leurs yeux un ami nécessaire.
L'un d'eux de son printemps, flétri par les douleurs,
Espérait voir bientôt refleurir les couleurs.
Hélas ! Et ce fut lui la première victime
Que du signe fatal marqua le droit du crime.
Des deux frères bientôt troublant l'affection
Un nuage altéra leur paisible union.
De leurs cœurs refroidis, le sinistre partage,
Était-il de Castaing le sacrilége ouvrage ?
Ou des ressentimens trop souvent malheureux
D'un maternel amour inégal en ses feux ?
Loin de voir fuir les maux où son âge succombe,
Le plus jeune à pas lents se traînait vers la tombe.
N'écoutant que la voix d'un cœur mécontenté,

Ou d'un ami rampant la vile autorité,
Sa faiblesse, dictant sa volonté dernière,
Consentit à trahir les intérêts d'un frère.
Mais bientôt se déclare un rapide accident;
Du mal précipité le ravage s'étend :
Sa marche est effrayante, il menace, il foudroie,
Un invisible trait semble frapper sa proie.
De cet ami savant l'inaltérable ardeur
Seule obstinément veille au lit de la douleur.
Aux regards étrangers, par son zèle hypocrite,
Du malade avec soin la vue est interdite.
L'instance des amis, les larmes d'une sœur
Assiégent vainement son inflexible cœur.
A peine de son art l'ombrageuse prudence
D'une servante admet l'importune présence.
L'infortuné! Ses yeux qu'obscurcit le trépas
Sur le front d'un parent ne se reposent pas;
Et les soins criminels et leur monotonie
Préludent de concert à sa prompte agonie.
Quand le soleil trois fois eut mesuré son cours,
Sur lui s'appesantit le dernier de ses jours.
Sur ses traits s'étendit une pâleur mortelle;
Du flambeau de sa vie allait fuir l'étincelle.
Un docteur plus profond s'approche, mais en vain:

Le râle des mourans résonnait dans son sein.
Incliné tristement près du lit funéraire,
Castaing semble absorbé dans la douleur amère :
Son maintien du docteur frappe l'attention ;
Sur son front il croit voir la sombre affliction ;
Il paraît, l'imposteur, comme il devait paraître,
Inconsolable ami pour effacer le traître.
Rien est-il plus affreux que le vil sentiment
Dont s'abreuve son cœur en ce fatal moment ?
Son œil fixe et rêveur qu'occupe entier le crime,
Voit rouler des flots d'or du lit de sa victime.
Il attend le signal de son dernier soupir,
Qui d'un butin impur doit combler son désir.
Près du chevet de mort il écoute, il s'avance...
De l'éternel repos règne l'affreux silence.
C'est alors qu'en secret, par d'habiles efforts,
Sa basse avidité fait jouer ses ressorts.
Ce précieux trépas flattant son espérance,
Va suspendre à sa main les dons de l'opulence.
Libre et ne craignant plus que d'indiscrets témoins
Ne percent la noirceur de ses horribles soins.
Du défunt aussitôt il fait mander le frère ;
Lui révèle qu'aux mains d'*un tiers dépositaire*,
Repose un testament dont le cachet subtil,

De ses droits attaqués cimente le péril ;
Qu'il peut, à la faveur d'un sacrifice immense
De ce legs outrageant détruire l'existence.
Il lui montre qu'il doit, sans retard à ce prix,
De ses biens mutilés ressaisir les débris.
D'un ami soupçonneux, la prudence indécise,
Dans quelque piége adroit craignit d'être surprise.
Il flotte irrésolu ; mais Castaing plus pressant,
Subjugue à force d'art son refus impuissant.
Quoi ! près d'un corps glacé, sous les lambris qu'éclaire
Du flambeau des cercueils la clarté tutélaire,
Ce zélé confident, cet ami généreux,
Combinant sans rougir un trafic odieux,
Outrage d'un ami la volonté dernière,
Et de son attentat marchande le salaire !
Ne crains-tu pas, cruel, qu'aux accens de ta voix
Du lourd néant cherchant à secouer le poids,
Et déchirant le nœud qui la tient arrêtée,
L'ombre de ton ami ne s'éveille irritée,
N'arrache en se dressant le linceul du trépas,
D'un magique lien n'emprisonne tes pas?
N'accuse d'un regard ton sacrilége outrage,
Ne menace tes jours; et, pour comble de rage,
Ne retombe en criant... Tu m'as empoisonné ! ! !

Le traité du rachat à peine terminé,
Castaing vole aussitôt *vers le dépositaire*,
Saisit le testament; et, du sceau du mystère,
Protége ce larcin, dont l'odieux succès
Va d'un gain criminel l'enrichir à jamais.
Du plus beau de ses jours enfin brille l'aurore,
Où les biens enivrans que son espoir dévore
Attirés avec art vont à ses yeux s'offrir,
Où d'un nouvel éclat son front va s'embellir
Devant sa déité, muette inspiratrice,
D'un criminel aimable innocente complice.
La somme est en ses mains. Court-il en enrichir
Ce fantôme inconnu qui sert à la ravir ?
Non. Il use le temps qu'exige l'artifice,
Revient, et sans trembler que son front ne pâlisse,
S'appropriant le fruit de l'échange imposteur,
Remet le testament dont lui seul est l'auteur.
Mais déjà de cet or la présence l'accable;
Il voudrait s'en cacher la source épouvantable.
Il l'offre à son amante, il le prête à l'État :
Est-il heureux enfin ? non : riche et scélérat,
Il pouvait prospérer : le crime hélas ! prospère.
Mais va-t-il du passé refermant la barrière,
S'élancer vers le cours d'un plus pur avenir ?

Ces coupables liens, va-t-il s'en affranchir ?
Non : du secret désordre enfant incorrigible,
Le besoin des forfaits croît et marche invincible.
Aux coups trop assurés de sa perfide main,
Une victime encor devait livrer son sein.
Sous ses pas se creusait l'inévitable abîme.
Pourquoi pour l'y plonger faut-il un nouveau crime?
Doit-il de sa mémoire, éternisant l'éclat,
Étonner l'échafaud par un double attentat?

CHANT DEUXIÈME.

Chant Deuxième.

L'ambitieux Castaing depuis près d'une année
Laissant loin des remords couler sa destinée,
Dans le repos du crime était las de dormir :
La tombe fraternelle allait encor s'ouvrir.
Son ami, dont le frère en la fleur de sa vie,
Avait vu sa langueur d'un prompt déclin suivie,
Pensait que de ce legs soustrait à prix d'argent
Sinon le ravisseur Castaing était l'agent.
Comment, se disait-il, d'intérêt dépouillée
La tendresse à ce point peut-elle être zélée ?
A-t-il contre l'honneur si long-temps combattu ?
D'un homme incorruptible ébranlé la vertu ?
Affronté les soupçons ? quitté sa noble sphère ?
D'un docteur intrigant pris le rôle adultère ?
Pour le stérile espoir de rétablir mes droits ?
Non, d'un plus grand mobile il a suivi les lois.

Un ami dont le cœur alimente ces craintes,
Et laisse errer parfois d'involontaires plaintes,
Ne devait plus combler de son empressement
L'insupportable objet de son ressentiment.
Mais un ami complice effrayait sa tendresse,
Il avait, profitant de sa vile bassesse,
D'un frère dans la tombe anéanti les vœux ;
De mutuels remords les enchaînaient tous deux.
Castaing déshonoré, s'il pouvait encor l'être,
N'était plus à ses yeux qu'un corrupteur, un traître.
Et pourtant il devait déguisant son horreur,
D'une amitié détruite entretenir l'erreur,
En pénibles égards prostituer son zèle,
D'un feu qui n'était plus ranimer l'étincelle ;
De peur qu'un jour, blessé d'un imprudent affront,
Par de lâches aveux il ne flétrît son front.
Cet ingrat dont le cœur à sa ruine aspire,
Exerçait sur son âme un tyrannique empire ;
Il était redouté, sa despotique voix
Dans un timide esprit faisait régner ses lois.
Un testament bientôt, né du sein du mystère,
Vint grossir en espoir sa fortune première :
Étrange prévoyance ! inconcevable soin !
Quand de son front riant le trépas encor loin

Lui promettait des jours long-temps dignes d'envie,
Et voilait à ses yeux les bornes de la vie ;
Un amant des plaisirs, ardent, impétueux
Dans un noir testament dicte ses derniers vœux !
Quand le vieillard malade, accablé de faiblesse,
Sourd à la voix du sang qui parle à sa sagesse,
Craint de voir de la mort tomber plutôt les traits,
Si sa main défaillante en trace les apprêts.
Castaing du crime heureux déployant l'arrogance
A pas précipités marchait vers l'opulence.
Du pouvoir, de la ruse, inexplicable effet,
A son profit entier ce legs adroit fut fait.
Il savait que d'un legs la fragile existence
Tombe comme la fleur qu'un vent léger balance.
Déjà du testateur, l'intérêt moins pressant,
Plus froid de jour en jour allait s'affaiblissant.
D'un arrogant ami son indocile haine
Méditait tous les jours de secouer la chaîne,
De bannir loin de soi son importun aspect ;
Ses égards n'étaient plus qu'un pénible respect.
Amant et dissipé, d'un légataire avide
Il voulait éloigner la présence homicide.
Chaque jour, chaque instant, un léger repentir
Pouvait voir de Castaing l'espoir s'anéantir.

2.

Mais il va, réveillant son affreux artifice,
D'un inconstant ami prévenir le caprice.
Son âme aux passions ouvrait un libre essor;
Et chaque jour son cœur se retrempait encor
Dans le feu de l'amour cet élément magique
Et des plus grands forfaits instrument énergique.
Il est temps d'écarter le funèbre rideau
Et d'étaler encore un déchirant tableau.
Simulacres d'amis, mais réunis par l'âge,
Brûlant des mêmes feux pour le plaisir volage,
D'un voyage frivole ils forment le projet.
De leurs logis tout deux, sans chevaux, sans valet,
Aux premiers feux du jour s'éloignent en silence;
On ne lut leur départ que dans leur longue absence.
Quels maux de ce voyage ont troublé la gaîté?
Voyons quels coups affreux l'auront désenchanté?
Vers ce séjour brillant où la magnificence
Des arts à la nature unissant la puissance
Offre à l'œil étonné ces bassins fastueux
D'où le cristal des flots s'élance vers les cieux;
Seul avec son ami dans un hôtel arrive
Castaing dont aussitôt la prévoyance active
Commande, ordonne tout, partout dicte ses lois.
L'argent brille en ses mains, tout se range à sa voix.

Un jour entier se passe en douces promenades,
Ils contemplent ces bois, ces vertes colonnades,
Ils rentrent, et bientôt, le moment vint s'offrir
Qui vit planer la mort où volait le plaisir.
  Déjà d'un vin fumant la pourpre pétillante
Se répand dans l'émail d'une coupe brûlante.
Castaing de sucs plus doux y mêle les apprêts
Et du feu du breuvage apaise les excès.
A peine son ami rougit sa lèvre avide
Qu'une amertume horrible offrit son goût perfide,
Une horrible amertume ! au sein des végétaux
Il est un noir poison révélé pour nos maux,
Actif, insurmontable, et dont la perfidie
Voile en frappant ses coups leur trace anéantie,
Ou d'un mal étranger revêtant la noirceur,
N'offre à l'œil abusé qu'un ravage imposteur.
De ce poison savant la puissance hypocrite
Occupait de Castaing l'étude favorite.
Aux crimes ce poison promet l'impunité,
Ce poison dont il a rêvé la cruauté,
Que ses mains distillaient, que célébrait sa plume,
Ce poison là recèle une horrible amertume.
La nuit vient, son ami des plus vives douleurs
Éprouve à chaque instant les assauts destructeurs.

Dès l'aurore, à cette heure où tout encor sommeille,
Le vigilant Castaing, le crime toujours veille,
Fait lever un valet, gourmande sa lenteur,
Veut, dit-il, du matin savourer la fraîcheur,
Trompe l'étonnement que ce valet témoigne,
Se fait ouvrir le seuil, et libre enfin s'éloigne.
Absence criminelle ! inconvenante au moins !
Quand un ami souffrant implore tous ses soins,
Quand d'un mal furieux l'accablent les supplices;
Lui du réveil des champs va goûter les délices.
Mais pour lui la nature en vain répand ses dons,
Il revient vers Paris, se munit de poisons,
Et plus prompt que les vents vers son ami revole :
Tel était le dessein de sa course frivole.
Les flots d'un lait glacé sont au malade offerts ;
Cruel soulagement des maux qu'il a soufferts !
Cet aliment si doux, bienfait de la nature
Fait d'un mal plus affreux succéder la torture,
De son sang bouillonnant le cours précipité
Au même instant du cœur est vingt fois rejeté,
Son cou s'enfle et se tend, ses membres se raidissent,
Sur son front jaunissant, ses cheveux se hérissent,
Image de la mort, ô spectacle d'horreur !
Ses yeux demi-voilés n'offrent que leur pâleur,

Des cris entremêlés de douleur et de rage
Au travers de ses dents se frayent un passage,
Une froide sueur inonde tout son corps;
Ses nerfs sont affaiblis par ses nombreux efforts,
Sur son lit il chancelle, il retombe insensible :
Le lait seul a produit cet accident terrible !
Mais bientôt la faiblesse a ramené ses sens,
Il renaît à la vie, à ses maux plus présens;
Sa languissante voix, la voix de la souffrance
Essaie sur Castaing sa plaintive éloquence,
Atteste l'amitié dans ce cruel moment,
Et de ses mains implore un prompt soulagement.
Bientôt d'une liqueur douce et rafraîchissante
Circule dans ses flancs la vertu bienfaisante.
Épouvantable effet d'un présent profané !
Des tourmens déchirans le cours est détourné,
Mais de sombres douleurs exercent leur empire,
Et de leur feu secret s'allume le délire.
Un calme enfin survient, lent arbitre du sort,
Mais un calme effrayant, le calme de la mort.
Malheureux ! d'un ami, quoi ! la voix douloureuse
N'a pas fait de tes mains tomber la coupe affreuse ?
Des docteurs vigilans allaient te surveiller,
L'aurore du salut menaçait de briller,

Redoutant qu'un ami plein des forces d'Alcide
Ne vînt à triompher de ce lait homicide,
De la mort aussitôt tu balances les traits
Et de la perfidie épuises les excès.
Mais déjà te berçant dans ta secrète joie,
Vas-tu charger tes mains d'une seconde proie ?
Aux regards éblouis, à défaut de l'honneur,
Vas-tu faire éclater ton faste protecteur ?
Non, ton heure a sonné, le dernier de tes crimes
Va te jeter sanglant aux pieds de tes victimes.
Tu reverras ces traits qu'a flétris ta fureur :
De leurs fronts irrités soutiendras-tu l'horreur ?
Les témoins étonnés d'un juste effroi se troublent,
Ce trépas épouvante et les soupçons redoublent,
On court, de la justice ou va chercher l'appui ;
Castaing est désigné, l'on s'empare de lui.
Vers sa noire prison, captif, chargé de chaînes
Il s'avance escorté des transes inhumaines.
La honte, la terreur et l'affreux désespoir
Sur ses traits altérés impriment leur pouvoir.
Du fond de son cachot son active imprudence
Brise en se trahissant le vol de l'espérance,
Et du crime cherchant à secouer l'affront,
De périls plus certains environne son front.

CHANT TROISIÈME.

Chant Troisième.

———

Mais la fille aux cents voix, cette agile courrière
Qui va portant les maux d'une aile plus légère,
En tous lieux dans Paris d'un célèbre attentat
Dans sa course féconde a répandu l'éclat.
Le nom du criminel, son âge, sa famille,
Les honneurs dont son titre avec dignité brille,
Du crime étudié la profonde noirceur,
Tout surprend, épouvante et glace de frayeur.
On attend, on épie avec impatience
Le jour où doit s'ouvrir la terrible audience.
Ce jour paraît enfin, d'un peuple curieux
Thémis voit se presser les flots tumultueux ;
De son siége imposant son regard les contemple
Et cherche à distinguer, introduits dans son temple
Et se mêlant sans crainte aux rangs des avocats ,

Des orateurs d'un jour qu'elle ne connaît pas [1].
D'un pas majestueux, dans un profond silence,
L'auguste aréopage en l'enceinte s'avance.
Il s'assied, et bientôt dans un gros de soldats,
Par le trouble affaibli, tremblant entre leurs bras,
Castaing à pénétré la voûte redoutable
L'espoir de l'innocent, la terreur du coupable.
Tous les cœurs sont émus, vers lui de toutes parts
Du peuple impatient se tournent les regards.
Que son visage est tendre ! et son maintien modeste !
Avec quel abandon se dessine son geste !
La candeur de son front, cet œil plein de douceur,
Dans son habillement cet ensemble flatteur
Ces dehors de décence, en lui tout intéresse ;
Le printemps orne encor sa grâce enchanteresse.
Se peut-il qu'un mortel embelli de ces dons
Du crime dans son cœur ait nourri les poisons !
Mais d'observer ses traits s'éteint l'ardeur avide
Un religieux calme en l'enceinte préside.

[1] Une foule de jeunes gens étrangers au barreau, entraînés
par la curiosité, avaient loué des robes d'avocats, pour pénétrer jusque dans l'enceinte de la Cour d'assises. Ruse bien
innocente, supercherie bien excusable. Plût au ciel que la justice n'eût à connaître que de ces légers délits !

On lit l'acte fatal où de ses noirs forfaits
En ordre lumineux sont disposés les faits,
Des témoins entendus les récits se prolongent,
Dans de profonds débats les défenseurs se plongent,
De la cause civile éclairé protecteur
Pour la première fois organe accusateur,
Persil se fait entendre, une sage prudence
Du crime encor douteux révèle l'existence,
En perce les détours, en déroule les plis
Et montre les soupçons en preuves établis.
Il arme son discours d'une raison austère,
D'un juge impartial revêt le caractère
Et des nobles accens de sa mâle équité
Défend les intérêts de la société.
Mais quel autre orateur à foudroyer s'apprête,
Sur le crime tremblant redoutable tempête?
Dans ses éclats pressés arbitre de leur sort
L'accusé lit l'effroi, le coupable la mort.
Debroë, sa rapide et fougueuse éloquence
Comme un glaive étincelle et détruit l'espérance.
Il se lève, paisible et flatteur en naissant
Son exorde s'anime et s'avance en grondant.
Avec plus de sang-froid et non moins d'énergie
De Castaing dès l'enfance il retrace la vie,

Dépeint son caractère, indique ses penchans,
Ses désirs d'opulence et ses vœux impuissans,
Du livre de ses jours déroule chaque page,
Sur son front par degrés amoncèle l'orage,
Raconte ses erreurs, ses coupables amours,
De ses besoins croissans l'inépuisable cours ;
Et du vice effrayant reproduisant le drame,
De ses complots secrets met au grand jour la trame.
Mais bientôt rallumant sa féconde chaleur :
Quel mortel, reprend-il, sans frissonner d'horreur
D'un empoisonnement soutiendra la pensée
Où la lâche infamie au meurtre est enlacée ?
Quel généreux ami ne s'indignera pas
De ce piége, caché peut-être sous ses pas,
Où l'amitié succombe indignement trahie,
Où la férocité revêt la perfidie ?
Quel citoyen enfin ? quel père vertueux
Ne pâlira d'effroi se traçant sous les yeux
Un médecin armé des dons de la nature,
Prostituant son art par sa vile imposture,
Près d'un malade assis rêvant l'avidité,
Du chevet des douleurs écartant la santé,
Au lieu des soins sacrés qu'implorent les souffrances
Portant la mort, la mort et ses horribles transes,

La mort qu'on ne peut fuir introduite en son sein
Surprenant la victime et sauvant l'assassin ?
Assez j'ai révélé cette hideuse histoire
Que vos cœurs généreux sont étonnés de croire :
Allez-vous pardonner au vil profanateur,
Au ravisseur infâme, au lâche empoisonneur
De deux amis détruits dont le meurtre le souille
Leurs têtes à la main réclamant la dépouille ?
Épouvantable image ! effroyable tableau !
Où je crois de Quint-Curce entrevoir le pinceau
De Clio retraçant un des noirs phénomènes :
L'épouse admise au lit du vaillant Spitamènes
D'un bras fumant encor du trépas d'un époux
Offre sa tête aux yeux d'Alexandre en courroux,
Du profond Debroë la voix mâle et sonore
Depuis long-temps se tait, le cœur s'agite encore.
Moins éclatant, plus doux, avec plus d'agrémens
Roussel va du salut jeter les fondemens.
Avec l'humanité compagne du génie
Sa généreuse voix est plus en harmonie ;
Il verse un baume heureux au sein du désespoir.
Défendre l'accusé, tel est son grand devoir.
Mais il voit, parcourant ce récit déplorable
Que le justifier c'est le montrer coupable.

3.

En défendant Castaing et Castaing criminel
Du légal sacrifice il va dresser l'autel.
Que fait-il? des détails il pose avec adresse
Loin de s'en accabler le fardeau qui l'oppresse.
Il veut à la justice, éclairant sa rigueur,
Sauver les repentirs d'une effrayante erreur.
Du crime dans sa base il combat l'existence,
Sur le néant du crime, il montre l'innocence,
Et de la vérité présentant les rayons,
De la vengeance, au loin, disperse les tisons.
Mais, pour toucher nos cœurs par ces heureux spectacles
Ah! combien son talent doit surmonter d'obstacles!
Que d'écueils à franchir! d'entraves à briser!
Quel énorme édifice il faudra renverser!
Ce vin, ces prompts tourmens, l'abandon du malade,
Ce départ déguisant l'horrible promenade,
Ce voyage furtif et l'achat des poisons,
En faisceaux agroupés ces lumineux soupçons,
Tout semble présenter un corps indestructible.
L'orateur engagé dans ce débat pénible
Sans arracher la palme ébranle les esprits,
De ses nobles efforts l'espérance est le prix.
De l'accusé plus calme un rayon d'espérance
Mais incertain et pâle amuse la souffrance.

Telle à peine élevant ses timides regards,
L'aurore dans l'automne au sein des noirs brouillards
En vain cherche à répandre une douce lumière,
Et n'osant parcourir sa douteuse carrière
Semble ne se lever que pour prédire au jour
Qu'au monde le soleil va voiler son retour.

CHANT QUATRIÈME.

Chant Quatrième.

Le jour où doit siéger la suprême audience,
Qui va de l'accusé prononcer la sentence
A travers les barreaux de sa sombre prison
Semble offrir à ses yeux un plus pâle rayon.
Seul avec son malheur entouré du silence
Mille pensers divers agitent sa souffrance.
De l'échafaud dressé le terrible appareil
Quelquefois vient en songe effrayer son réveil.
Des remords quelquefois, s'il est vraiment coupable,
Sur lui s'appesantit le poids insupportable.
Et toi puissant amour, noble ami de nos maux,
Tu ne dédaignes point l'exil ni les cachots.
Dans un rêve attrayant que ton sein fait éclore
A tes illusions Castaing sourit encore.
Il part, il va revoir l'idole de son cœur,
Il revoit ce chemin connu de son ardeur,

Il vole, arrive et monte ; il frappe, sa maîtresse
Ouvre à ce bruit fidèle, en ses bras il la presse,
De ses baisers s'enivre et par de froids discours
De ses épanchemens n'interrompt pas le cours.
Sa fille ! ah ! que l'enfance à cet âge est sincère !
Sa fille a bégayé ce nom si doux :.... Mon père ;
Elle quitte ses jeux, accélère ses pas,
Et vers le front chéri lève ses petits bras.
Intéressant tableau ! que le destin peut-être
En sa réalité ne fera plus renaître ;
Sa douce image au moins apprend au malheureux
Que le bonheur encor peut s'offrir à ses yeux.
Le prisme a disparu, l'enchantement s'éloigne,
Le désespoir qu'un père en cheveux blancs témoigne,
Des parens désolés, des amis inquiets,
Exhalant en sanglots leurs déchirans regrets ;
Témoin de tous leurs maux, il les souffre lui-même.
Un ami souffre et plaint les maux de ceux qu'il aime.
Mais bientôt l'heure sonne où, frappé de respect,
Castaing du tribunal va soutenir l'aspect,
Et lire sur ces fronts que la rigueur sillonne
La vie ou le trépas que la honte environne.
On le conduit encor vers le terrible seuil.
Il voit son défenseur dont l'inspirant accueil

Cherche à le pénétrer de sa ferme assurauce,
Et près de lui déjà fait asseoir l'espérance.
Berrier... à son salut cet orateur suffit,
Le succès l'accompagne et la gloire le suit.
Berrier se lève enfin, Berrier dont l'éloquence
A cent fois au supplice arraché l'innocence.
Que ne puis-je, entraîné par ses charmes puissans,
Orateur apprenti les traduire en mes chants,
Ces tours harmonieux, ces nuances flexibles,
Seraient de mes succès les garans infaillibles.
Essayons toutefois, par un doux plagiat,
Sans les défigurer d'en retracer l'éclat :
Juges, et vous jurés, dont l'auguste sentence
Va du crime abolir ou prouver l'existence :
Vous avez recueilli d'un soin religieux
Les faits que la défense a placés sous vos yeux.
Dans ce fatal moment, dans ce moment suprême,
Où n'ayant de conseils, de guides que vous-même,
Le flambeau des débats va s'éteindre pour vous;
Où de la vérité tous les efforts dissous,
N'iront plus dans vos cœurs porter sa voix pressante.
Dans ce terrible instant, où d'une loi puissante,
Vous allez exercer les plus tristes pouvoirs,
De la société redoutables devoirs ;

De quelle émotion ne serait point frappée
L'âme d'un défenseur par l'espoir occupée ?
Peut-être pour sauver les jours du malheureux
D'un seul mot oublié le secours précieux,
Va d'un nouvel éclair frapper votre prudence.
Puisse de mes discours la touchante influence,
A la tombe arracher la vie et le repos
D'une famille entière en proie à ses sanglots.
Des craintifs citoyens le cœur est en alarmes
De la sécurité l'on a brisé les armes.
Le nuage accablant de le présomption,
Sur nos fronts a plané, de sa conviction
Un magistrat sincère a produit l'étincelle ;
Il a presque dicté la sentence mortelle :
Si d'un forfait nouveau nous avons à gémir,
Il en a dans vos cœurs semé le repentir.
Il faut pour nous défendre un courage énergique :
Nous saurons le montrer, notre cause est publique,
De la société la vengeance est le cri,
D'une sanglante erreur son cœur serait flétri.
D'une famille en deuil si l'aveugle colère
Veut dans des flots de sang venger le sang d'un frère ;
Une famille aussi tremblante à vos genoux
De son sein menacé veut détourner vos coups.

Entendez par ma voix sa voix attendrissante.
Ce matin même encor de douleur gémissante,
Pressée autour de moi, m'inondant de ses pleurs,
Elle invoquait encor mes accens protecteurs;
Et du feu de l'amour embrasant sa prière,
Ébranlait, pénétrait mon âme tout entière.
Retracez à vos yeux ce père en cheveux blancs,
A vos pieds prosterné, comme lui supplians
Ses fils à ses côtés déplorant leur misère,
A vos cœurs généreux redemander un frère.
Et celle dont l'amour a causé les malheurs,
Dont les vertus d'épouse ont orné ses erreurs.
Vivante, ensevelie en un mortel silence,
Pour ses fils, non pour soi, maudissant l'indigence,
En son séjour peut-être, effroyable tombeau,
Du trépas d'Ugolin présenter le tableau.
Mais de l'art d'émouvoir écartons les prestiges:
Interrogeons les faits: d'abord aucuns vestiges
Dans le corps du défunt n'ont montré le poison,
L'oracle d'Esculape a banni tout soupçon.
Ce vin mystérieux, Castaing l'a bu lui-même;
Le lait n'a point offert cette amertume extrême,
Dont pour notre salut les venins sont armés.
Le rapide trépas, dont vos cœurs alarmés

Ont loin de la nature en vain placé la cause,
Fut frappé par ce feu qui dans nos flancs repose,
S'éveille et détruit l'homme aux bras de la santé.
De la vengeance enfin le fantôme irrité,
S'éloigne, s'évapore, un crime épouvantable
N'a point été commis, Castaing n'est point coupable.
J'ajoute encore un mot qu'un de nos puissans rois
De son trône adressait aux arbitres des lois :
Quand Dieu sur un forfait répandant le mystère,
A vos yeux obscurcis refuse la lumière :
Il veut que le coupable, arraché de vos bras,
Reçoive de lui seul la vie ou le trépas.
Jurés! n'obéissez qu'aux lois de la prudence,
Ma tâche est achevée et la vôtre commence.

. . . .
. . . .
. . . .
. . . .

Hardoin [1] trace aux jurés leurs pénibles devoirs ;
Sur l'accusé tremblant leur transmet leurs pouvoirs,
Et semble en le livrant à leur sagesse entière,
Uranus aux destins abandonnant la terre.

[1] Le président de la Cour d'assises.

Avec ordre, et gardant le silence du deuil,
Du séjour des conseils ils ont franchi le seuil.
Le jour a disparu, sous ces voûtes funèbres
Quelques pâles flambeaux combattent les ténèbres ;
La cloche du Palais dix fois a retenti.
Sur un bras appuyant leur front appesanti,
Tous les juges muets dans leur morne attitude,
D'un repos accablant montrent l'inquiétude.
Le peuple attend plongé dans un calme imposant :
Minuit sonne, on entend un bruit vif et perçant :
Dans le silence affreux la sonnette ébranlée,
Du retour des jurés avertit l'assemblée.
L'émotion, la crainte envahissent les cœurs,
Et roulent sourdement en confuses rumeurs.
Précédant du juri la lugubre ordonnance
Avec solennité le président s'avance,
Et, la main sur son cœur, d'un ton religieux
Invoque pour témoins et la terre et les cieux.
« Devant l'être éternel notre âme irréprochable
« Porte ce jugement... Oui, Castaing est coupable. »
Il dit, baisse le front, se retire, et sa voix
Sous la terrible voûte a retenti trois fois.
Du peuple consterné les murmures répondent,
Les sourds gémissemens, les larmes se confondent.

4.

« Eh bien ! dit l'accusé d'un ton impétueux,

« Oui je saurai mourir, et mourir vertueux.

« Quoiqu'indigné des traits sous lesquels je succombe

« Je saurai sans pâlir m'élancer vers la tombe.

« J'irai mêler ma cendre aux cendres des amis

« Qu'on m'accuse d'avoir indignement détruits.

« Je ne veux point de l'homme implorer l'indulgence ;

« Il est un Dieu, c'est lui qui soutient l'innocence :

« Innocent, c'est à lui que je dois m'adresser,

« C'est à son tribunal qu'il faudra m'abaisser.

« Du poids d'un crime affreux mon âme libre et pure

« N'entend point des remords s'éveiller le murmure.

« Partout ma conscience affermira mon cœur,

« Ici, vers l'échafaud, sous le fer destructeur.

« Vous, mes contemporains, l'espoir de la tribune,

« Dont l'aspect fraternel calmait mon infortune,

« Quittez ces bancs sacrés, venez, suivez mes pas ;

« Venez non loin d'ici contempler mon trépas.

« Vous verrez si mon sang, long à se faire attendre

« Va savoir sous le fer noblement se répandre.

« En esclave au supplice on traîne un criminel,

« Je vole à l'échafaud, non, je monte à l'autel.

« Vous faut-il un exemple ? eh bien ! voilà ma vie ;

« Arbitres de nos lois, je vous la sacrifie.

« Est-il déjà levé, ce glaive menaçant ?

« Marchons, courons montrer si j'étais innocent.

« Roussel, mon noble appui, ne fondez point en larmes;

« Comme moi, rassuré, bannissez vos alarmes.

« Vous avez cru mes jours loin du crime passés,

« Je ne vous trompais pas, l'honneur les a tracés.

« Veuillez pour moi remplir un touchant ministère:

« Apaisez par vos soins les sanglots de ma mère,

« Séchez les pleurs d'un père et de ses derniers fils,

« Consolez les regrets de quelques vrais amis ;

« Celle qui gémissait d'un jour de mon absence,

« Pour qui j'ai redouté de perdre l'existence ;

« Portez lui ces joyaux, gages de nos sermens,

« De mes doigts désormais futiles ornemens.

« Ma fille... à ce nom seul... la douleur me surmonte...

« Je ne puis lui léguer... que le bruit de ma honte,

« Embrassez-là... » les pleurs, les douloureux sanglots

De la voûte lugubre attristant les échos,

Les visages défaits, les lampes pâlissantes

Reflétant les rayons de leurs lueurs mourantes,

Quelques soldats épars sur leur glaive inclinés,

Sombres gardiens du crime au devoir enchaînés,

Le bruit majestueux de l'horloge sonore

Et le calme profond plus imposant encore,

Tout donne à cette enceinte un aspect déchirant.
Le président ému d'un son de voix tremblant
Prononce à l'accusé sa mortelle sentence.
Castaing l'entend d'un air où règne l'assurance.
Tombez, vains ornemens, vêtemens de l'orgueil
Tombez, des condamnés Castaing franchit le seuil.
D'un vil tissu de lin la grossière rudesse
De ses bras délicats va presser la mollesse.
De la cassation le fragile recours
A déjà désigné le dernier de ses jours,
Bientôt il va passer, conduit à l'hécatombe
De la nuit du cachot à la nuit de la tombe.
De Louis la clémence encor brille à ses yeux.
Louis qu'en vain jamais n'implore un malheureux
Mesurant du forfait la grandeur trop palpable.
Gémit de ne pouvoir pardonner au coupable,
La prison s'ouvre enfin, l'espoir en sort vaincu,
Le char de mort s'arrête... et Castaing a vécu.
Du feu des passions déplorable victime,
Dors plus paisible au sein du ténébreux abîme.
La mort t'a pardonné, tu n'es plus criminel,
Et peut-être... mais non, laissons à l'éternel
Le droit d'approfondir les jugemens des hommes;
N'accusons point les lois du pays où nous sommes.

Famille respectable, oubliez vos malheurs,

N'allez pas vainement éterniser vos pleurs.

Votre honneur est entier, le peuple a sa justice,

Des vertus qu'il admire il sépare le vice.

Un nuage souvent naît du sein d'un jour pur,

Son funeste trajet n'en ternit point l'azur.

Ce laurier, des jardins et l'honneur et les charmes,

Qui plus beau refleurit au retour de nos armes,

Parmi ses rejetons dont les nobles rameaux

Promettent à sa gloire un essaim de rivaux,

S'il en est un, hélas, qu'un immonde reptile

A touché du venin que sa langue distille,

Il tombe, en l'arrachant le fer de l'émondeur

Des rameaux fraternels respecte la fraîcheur.

Mânes d'un malheureux qui dans sa fleur succombe,

Mânes errans encor sur le bord de la tombe,

N'accusez point mes vers de leur témérité;

Ils ne vous suivront point dans la postérité.

F I N.

Le Chien de l'Aveugle.

Le Chien de l'Aveugle.

ÉLÉGIE.

L'ÉTÉ des feux du jour n'embrasait plus la terre,
    Mais l'impétueux aquilon
N'essayait point encor sa naissante colère
    Sur la pâle fleur du vallon.
Du bosquet s'effeuillant l'ombre était moins discrète,
    Le bonheur moins mystérieux,
Mais d'un ami plus cher quand son départ s'apprête
    Son deuil nous peignait les adieux.
Vers ce bois renommé dont l'épaisseur protège
    L'amour et le sanglant honneur,
De ses cheveux blanchis laissant flotter la neige
    L'aveugle chantait son malheur.
Un luth demi détruit de sa lente prière
    Suivait le monotone accent;

Et devant lui son chien dressé par la misère
    Offrait la sébile au passant.
Le bruit lointain d'un char qu'emporte avec vitesse
    Le vol d'un coursier orgueilleux
Siffle, passe et s'éloigne... Un cri part... le chant cesse,
    Succèdent vingt cris douloureux.
Combien, pauvre vieillard, tu vas sentir ta peine !
    Quel guide éclairera tes pas ?
Le chien ensanglanté s'agite sur l'arène,
    L'aveugle étend vers lui ses bras ;
Il cherche à le saisir d'une main incertaine.
    Le chien se lève avec effort,
Jusqu'aux pieds qu'il flatta docile encor se traîne,
    Et se débat contre la mort.
A ses cris déchirans ceux du pauvre répondent :
    Hélas ! il ne peut voir ses coups.
Aux flots d'un sang glacé ses larmes se confondent,
    Il le presse sur ses genoux.
Loin des maux qu'il produit, le char de l'insolence
    Fait voler un couple amoureux.
Égoïsme cruel ! farouche indifférence !
    Ils n'ont point détourné les yeux.
Le vieillard isolé, de l'infortune entière
    Bientôt ressentit tout le poids :

Trois fois il appela l'espoir de sa misère,
 L'animal fut sourd à sa voix.
Seul ami que n'a point exilé ma détresse,
 Quels pleurs ne t'offrirai-je pas?
C'est toi qui détournais ma tremblante vieillesse
 Des écueils dressés sous mes pas.
Tu devais de mes jours quand la mort bienfaisante,
 Aurait brisé l'affreux lien,
Suivre seul au tombeau ma cendre indifférente,
 Et moi je vais creuser le tien.
Le cruel! Puisse-t-il contre un écueil perfide
 Briser son char impétueux;
Que son coursier rebelle à la main qui le guide
 Le disperse en éclats poudreux!
Que la fortune (ô Ciel! souvenir déplorable!)
 Lui prépare un sombre avenir :
Qu'à cette place un jour la perfide l'accable
 Des tourmens qu'il me fait souffrir.
Je m'égare... Au malheur ne sied point cette audace :
 Que de fleurs soient ornés ses jours,
Que des cieux en mourant il contemple la face;
 Qu'il succombe avant ses amours.
Il dit, prend son bâton et s'éloigne sans guide.
 Avant le retour des frimas

L'aurore vit parfois sur l'herbe encore humide
Le vieillard hasarder ses pas ;
Mais aux zéphyrs nouveaux le chêne solitaire
Troublé par le chant des ramiers,
N'entendit plus gémir l'accent de la prière
Sous ses rameaux hospitaliers.

Les

Charmes de la Mélancolie.

Les Charmes de la Mélancolie.

STANCES ÉLÉGIAQUES.

SALUT ! tendre mélancolie,
Plaisir secret, doux enfant de nos maux :
Toi seule peux consoler de la vie
L'hymen contraint d'éteindre ses flambeaux.
Quand loin de nous la fortune éphémère
Des ris, des jeux bannit l'essaim trompeur
Dans les regrets que ta douceur tempère
   Tu fais luire encor le bonheur.

   Loin du beau ciel de son enfance,
De l'exilé tu consoles les jours;

Sur le rocher où se plaît sa souffrance
Tu l'entretiens du sol de ses amours.
Dans le couvent ta volupté pieuse
Du froid mortel vient caresser l'ennui.
Du prisonnier, compagne généreuse,
   Tu gémis captive avec lui.

   Inspirante mélancolie,
Tu prends aussi la lyre et les crayons.
Viens sur mes vers répandre ton génie,
Et marier ta langueur à mes sons.
Quand, solitaire et de pleurs décorée,
Tu viens gémir au bruit léger des flots,
Tu me parais une nymphe éplorée
   Contant sa peine au dieu des eaux.

   De quinze printems embellie,
Dans un roman Blanche a lu le bonheur.
Depuis rêveuse, et dans soi recueillie,
Elle savoure un nectar enchanteur.
Par tes bienfaits plus séduisante encore
Chaque soupir ajoute à ses attraits :
C'est une rose ornement de l'aurore,
   Plus belle à l'ombre d'un cyprès.

Lorsque désertant la colline
Aux premiers chants du messager des nuits,
Vers le bercail le pâtre s'achemine,
Au bois discret tu redis tes ennuis.
Une humble tombe au détour d'une allée,
Un bosquet sombre où le bonheur n'est plus,
Un saule en pleurs, une rose effeuillée,
   Forment tes simples attributs.

Quand luira ma suprême aurore,
Comme la fille aux dernières amours,
A mon chevet viens reproduire encore
Les traits si doux que je chéris toujours.
Je sourirai, de nul trouble suivie,
D'un doigt léger la mort voilant mes yeux,
Ne sera plus du songe de la vie
   Que le réveil voluptueux.

L'insulaire de Madagascar.

L'insulaire de Madagascar.

ÉLÉGIE.

Sous le ciel africain, berceau de l'ignorance,
L'île Madagascar étend son orbe immense.
Dans ces sauvages lieux, la superstition,
Enfant dénaturé de la religion,
Sacrifie à Nyang [1] d'innocentes victimes
Et de ce dieu cruel consacre tous les crimes.
Quand du sombre néant écartant le sommeil
Un fils aux jours de deuil voit son premier soleil,
Il ne doit point presser les mamelles fécondes
Et n'a d'autre berceau que l'abîme des ondes.
Triste, isolée, assise au rivage des mers,
Frappant l'écho plaintif de ses sanglots amers,
Son fils, sur ses genoux, une jeune africaine
Pleurait ainsi des lois la rigueur inhumaine.

[1] Nyang, dieu du mal, à Madagascar.

Nécessité cruelle, implacable Nyang,
Pourquoi m'ordonnes-tu de t'immoler mon sang ?
En un jour attristé par l'air des funérailles,
Pourquoi, dieu sanguinaire, ouvres-tu mes entrailles ?
Quel forfait laves-tu dans le sang de mon fils ?
Avant de naître, hélas, quel crime a-t-il commis,
Pour imprimer sur lui ta fatale colère ?
Ah ! qu'il a de douceurs le souris d'une mère !
Quand tout entière aux soins de son fils nouveau-né
Sur ses traits elle attache un œil passionné.
Mais ô tourmens cruels ! ô douleur trop amère !
Quand, prête à voir périr une tête si chère,
Vers ce fils, ses amours, qu'appelle le trépas,
Pour l'exposer aux flots elle penche ses bras,
Et reprendre sa vie à peine encor donnée.
Redoutable Nyang ! cruelle destinée !
Ce jour qui le premier vient éclairer tes yeux
Créature innocente, est un jour odieux.
Comme un souffle infecté sa terrible influence
Des fils qu'il a produits dévore l'existence.
Si pour sauver tes jours par un tendre larcin
De la vague en fureur je détourne ton sein,
Imprimant sur tes traits son effroyable outrage
La main de la laideur souillera ton visage.

Une fièvre éternelle embrasera tes flancs.
Les cuisantes douleurs croîtront avec tes ans.
Loin d'apaiser les feux d'une pénible course,
Pour toi le clair ruisseau verra tarir sa source.
Contre l'ardeur du jour en vain du bananier
Ton front implorera l'ombrage hospitalier.
Le fruit de l'oranger s'aigrira sur ta bouche ;
L'insomnie à l'œil sombre assiégera ta couche.
Par tes mains cultivés le maïs et le riz
Sur le sol jauniront d'un souffle impur flétris.
Tu vivras sans honneur et ton bras inutile
Ne pourra ni nourrir ni défendre notre île.
Étranger à la gloire, ineffaçable affront,
La palme des combats ne ceindra point ton front.
Froide et sans volupté ta main indifférente
Jamais ne frémira sous la main d'une amante.
En vain autour de toi s'enlaceront ses bras
Et ton cœur sur le sien ne palpitera pas.
Meurs mon fils, en mourant ravis ta destinée
Au tissu des fléaux dont elle est enchaînée.
Mais que dis-je? peut-être il est quelque autre bord
Où, soustrait à Nyang, plus doux serait ton sort.
Elle dit, sous ses doigts au jonc docile unie
S'enlace la liane en nacelle arrondie ;

Et d'une mère attend le plus riche trésor,
Son enfant qu'elle baise et qu'elle baise encor.
Divinités du fleuve, aux douceurs d'être mère
Si quelqu'une de vous ne fut point étrangère,
Je confie à vos soins le doux fruit de mes flancs
Courbez autour de lui vos flots obéissans.
Commandez au zéphyr, à la brise fidèle
De pousser mollement sa timide nacelle
Vers un sol moins barbare, étranger à nos lois,
Où jamais de Nyang n'ait retenti la voix.
Adieu, mon fils; transfuge en un lointain rivage,
Vis plus heureux; mes yeux sur ton riant visage
Ne s'arrêteront plus, mais mon cœur le verra
Et du progrès des ans long-temps l'embellira.
Adieu... quoi!... je suis mère! et ma main homicide
Va t'exposer, mon fils, à la vague perfide;
Non, périsse plutôt le sein qui t'a porté.
Mais, quel bruit avertit mon cœur épouvanté ?
La feuille sèche au loin brisée aux pieds frissonne,
Sur le dos des soldats le lourd carquois résonne.
Ciel! ils vont sous mes yeux, avec ordre inhumains
Du trépas de mon fils ensanglanter leurs mains.
Leur férocité calme est plus inexorable
Que des flots mutinés le courroux indomptable.

O mer ! en ce moment muette est ta fureur,
Ta surface immobile a rassuré mon cœur,
Reçois ce cher dépôt, porte-le sans orage
Dans quelque anse fleurie, auprès d'un frais bocage ;
Et, s'il doit succomber sous tes flots odieux,
Attends pour l'engloutir qu'il soit loin de mes yeux.
Elle dit, à ses pieds dépose la nacelle,
Et laisse aux flots le soin de la séparer d'elle.
Son bras s'abaisse encor prêt à la ressaisir,
Elle flotte emportée au souffle du zéphyr.
Long-temps son œil la suit fuyant sur l'onde amère,
Ce point sur l'océan est sa patrie entière.
Quand il a disparu dans l'humide sillon,
Son œil croit le poursuivre et poursuit l'horizon.
Mais, quand la sombre nuit où l'univers se plonge
De son amour trompé vient distraire le songe,
Pâle, silencieuse en ses vives douleurs
A l'écume des flots elle mêle ses pleurs,
Quitte, non sans regrets, le sinistre rivage
Et regagne à pas lents sa cabane sauvage.
Quelquefois elle vient importunant les mers,
Redemander son fils par ses sanglots amers.
Peut-être languit-il aux bras de l'étrangère,
Un fils languit toujours loin du sein de sa mère.

6.

Le jeune Dissipateur.

Le jeune Dissipateur.

ÉLÉGIE[1].

O partisans de mes jeunes erreurs,
Prêtez l'oreille à la voix de mes pleurs !

Tu n'es donc plus, ô père que j'implore !
Quand du trépas ton front bravant la nuit,
A mon aspect se rallumait encore,
Ma main coupable au cercueil t'a conduit.
Sur le penchant des écueils d'un vain monde
Ta sage voix ne put me retenir.
Ta voix s'éteint... Que vais-je devenir
Sur cette mer en orages féconde ?
O partisans, etc.
Dans un hameau cher à ton dernier âge,

[1] Cette élégie a été calquée sur une nouvelle historique portant le même titre, qui se trouve à la fin de l'ouvrage

Aux voluptés tu voulais me ravir,
Et détourner leur funeste ravage
De mon printemps prêt à s'épanouir.
Mais vain espoir ! Déjà ma lèvre avide
Du vice aimable effleurait le poison ;
Quand sous tes yeux m'enchaînait la raison,
Mon cœur errait dans la cité perfide.
O partisans, etc.

D'un bal souvent la scène enchanteresse,
D'un vif désir faisait battre mon cœur :
Dès le matin ma pétillante ivresse
Du jour cruel maudissait la lenteur.
Le jour baissait ; j'avais quitté mon père,
Mon char volait comme l'éclair... Et lui,
Sans m'accuser, triste et mourant d'ennui,
A son foyer s'endormait solitaire.
O partisans, etc.

Bientôt hélas ! une erreur plus funeste,
Loin du hameau m'entraînant chaque jour,
De ma pudeur vint effacer le reste.
Adieu vertu... Je m'enivrais d'amour.
D'un père alors le courroux inutile

Vint chaque soir fatiguer mon orgueil :
Comme le flot grondant contre un écueil
Sa voix heurtait mon audace immobile.
O partisans, etc.

Sur moi le luxe imprimait sa misère,
L'or emprunté s'écoulait sous mes pas.
Du jeu fatal, calamité dernière,
Je caressai les perfides appas.
Depuis trois nuits sur ma couche déserte
Pleurait mon père... Un billet vient, il lit :
D'un noir cachot ton fils ingrat t'écrit.
Pâle il s'assied... J'avais causé sa perte.
O partisans, etc.

A ma prison quoi déjà me soustraire !
Mais quel spectacle à mes yeux présenté ?
Un froid cercueil, un cierge funéraire
Sur lui répand sa lugubre clarté.
Le jour fatal qui me rend la lumière
D'un front chéri signale le trépas ;
Présent cruel ! je reçois dans mes bras
La liberté teinte du sang d'un père.
O partisans, etc.

Ainsi j'ai vu ma fougueuse jeunesse
Frapper ton sein vers la tombe incliné ;
Et tu n'as pu, seul vœu de ta vieillesse,
Des soins d'un fils mourir environné.
Lorsque ma bouche, écho de ma pensée,
A tes vieux ans promettait un soutien,
Mon cœur n'aimait d'autre cœur que le tien :
Belle innocence es-tu donc effacée ?
O partisans, etc.

Ne vas pas dire à l'ombre de ma mère
Que de tes ans j'ai terminé le cours :
A ce récit tu verrais sa poussière
Se ranimer pour maudire mes jours.
Dans l'humble asile où sa vertu sommeille
Son tendre amour n'a pu s'être effacé ;
Vivant encore sous le marbre glacé
Sur nos destins l'amour maternel veille.
O partisans, etc.

Sors de la tombe, Édouard encor t'appelle ;
En pardonnant dicte moi tes adieux.
Rappelle-toi mon enfance fidèle :

Tu sais quelle eût plus d'un charme à tes yeux,
Songe à ce jour, où fier de ma victoire,
Tu me pressais enchaîné sur ton cœur :
Tes pleurs brûlans ornaient mon front vainqueur,
Et tes transports embellissaient ma gloire.

 O partisans, etc.

Aux longs tourmens mon cœur navré se livre :
Nul doux penser n'animera mes traits,
Et désormais je ne pourrai plus vivre
Que sous l'abri du saule ou du cyprès.
Souvent du jour quand fuira la lumière,
Auprès de toi veilleront mes douleurs;
Et le tribut de mes fidèles pleurs
Seul formera l'ornement de ta pierre.

 O partisans, etc.

Mais des chagrins bientôt la main cruelle
A mon printemps unira mon déclin.
Il disait vrai... Vers la feuille nouvelle
Pour lui sonna le sépulcral airain.
On vit un soir vers la pierre isolée
S'acheminer un fantôme à pas lents,

Verser des pleurs, et de ses bras tremblants,
L'œil vers les cieux bénir le mausolée.

O partisans de ses jeunes erreurs
N'oubliez point la voix de ses douleurs.

DESCRIPTION

DU

Temple du Sommeil.

EX MÉTAMORPHOSI IX.

G

———

Est prope Cimmerios longo spelunca recessu,

Mons cavus, ignavi domus et penetralia somni.

Quo nunquam radiis Oriens, mediusve, cadensque

Phœbus adire potest; nebulæ caligine mistæ

Exhalantur humo, dubiæque crepuscula lucis.

Non vigil ales ibi cristati cantibus oris

Evocat auroram, nec voce silentia rumpunt

Sollicitive canes, canibusve sagacior anser;

Non fera, non pecudes, non moti flamine rami,

DESCRIPTION

Temple du Sommeil,

TRADUCTION TIRÉE DE LA IXe MÉTAMORPHOSE
D'OVIDE.

Dans les déserts profonds voisins de l'Orient
Que l'aurore encor pâle éclaire en s'éveillant,
Est un mont qui jamais du flambeau de la terre
N'a vu naître, briller, ni mourir la lumière.
Dans les flancs de ce mont, au fond d'un noir détour
Du sommeil paresseux est creusé le séjour.
Là du sol exhalés les flots d'un brouillard sombre
Aux feux d'un demi-jour viennent mêler leur ombre ;
Là, jamais de l'aurore en son palais vermeil
Le chantre du matin n'a troublé le sommeil.
Les chiens toujours actifs, plus vigilant encore
L'oiseau sauveur de Rome au chant rauque et sonore,
De leurs cris importuns n'assiégent point les airs.
On n'entend point des loups les terribles concerts,
Ni l'aigre bêlement de la brebis timide.
L'arbre des vents battus, la discorde homicide

La Rivale généreuse.

La Rivale généreuse,

NOUVELLE.

—

Dans un ermitage paisible
La jeune Hortense attendait le retour
Du beau Volnys qui, bouillant et sensible,
   Combattait, guerrier troubadour.
   Quand de la vierge solitaire,
Melvina triste, errante en ce séjour,
Obtint bientôt l'asile tutélaire
   Où pût cacher tourmens d'amour.

   Une tendresse affectueuse
D'un doux lien vint unir ces deux cœurs,
Sans que leur voix, long-temps mystérieuse,
   Trahît leurs secrètes douleurs.
   O Melvina ! ma douce amie
Pourquoi ces pleurs ?... lui dit Hortense un jour,

Est-ce un amant qui, loin de sa patrie,
Te fait verser larmes d'amour?

Apprends, ma compagne chérie,
De Melvina les douloureux chagrins :
Par un barbare un soir je fus ravie
Au plus tendre des châtelains.
D'effroi tremblante, évanouie,
Je me trouvai dans une affreuse tour,
Où sa fureur de mes dédains aigrie
Me rendit martyre d'amour.

Bientôt de ma retraite sombre
Par le secours d'un généreux gardien,
Libre des fers, je m'échappai dans l'ombre
Et long-temps errai sans soutien.
Des forêts le discret asile
Cachait ma fuite à la clarté du jour,
J'importunais le feuillage tranquille
De longs gémissemens d'amour.

Chaque objet offert à ma vue
Était Volnys.... le moindre bruit.... sa voix.
Volnys!... c'est lui, s'écrie Hortense émue,
Pour qui je tremblai tant de fois.

Un soir regagnant ma chaumière
D'un bois touffu j'atteignais le détour,
Quand j'aperçus couché sur la poussière
　　Celui qu'implore mon amour.

J'approche... une main sanguinaire
D'un fer cruel avait frappé son sein ;
La mort voilait d'une ombre funéraire
　　De ses yeux l'azur presqu'éteint.
　　Mon voile étanche sa blessure,
Je le soulève et le rappelle au jour.
Sa voix, ses traits, sa blonde chevelure,
　　Tout en lui m'inspirait l'amour.

A sa faiblesse attendrissante
Je prodiguai mes soins avec ardeur.
J'alimentais d'une main imprudente
　　Le feu qui naissait dans mon cœur.
　　Aux combats soudain Mars l'appelle ;
Il est parti, jurant qu'à son retour
Il payerait d'une flamme éternelle
　　Mon zèle inspiré par l'amour.

Melvina bannis tes alarmes,
Hortense a pu le ravir au trépas,

Hortense aussi pourra sécher tes larmes :
Demain il sera dans tes bras.
Sois à lui rivale chérie,
Volnys fidèle est à toi sans retour ;
Et moi je meurs... je te livre ma vie ;
J'emporte au tombeau mon amour.

La Vestale.

La Vestale,

IMITATION D'AURÈLE PRUDENCE.

—

Qu'est-ce qu'une vestale ? Une humble infortunée
A l'ombre des autels par ses vœux condamnée
Au serment d'être chaste, avant que sa pudeur
Ait de cette vertu soupçonné la rigueur.
Une vierge des sens victime volontaire
Avant que de leur feu libre dépositaire
Agité mollement par un trouble enchanteur
Son cœur ait deviné l'aurore du bonheur.
De festons à regret sa jeune main décore
Ces parvis importuns, cet autel qu'elle abhorre.
De ses sens exilée avant de les ravir
La volupté ne peut de son âme sortir.
Son corps est chaste et vierge, et son esprit peut-être
S'abreuve des poisons que l'amour y fait naître.
Chaque jour envenime, irrite ses tourmens ;
La nuit, discret témoin de ses gémissemens,

D'intarissables pleurs voit s'inonder sa couche ;
Aux baisers d'un amant semble s'offrir sa bouche,
En liens amoureux ses bras s'entrelacer,
Et sur son sein ému vainement se presser.
Perfide illusion, qu'un songe fait éclore
Et qu'un réveil jaloux rend plus pénible encore.
Elle s'épuise en vain à chercher le repos,
Le repos de ses yeux écarte ses pavots.
Elle crie et se plaint, une voix languissante
S'échappe en sons diffus de sa lèvre brûlante,
Et semble prononcer la malédiction
Que sur ses vœux cruels répand sa passion.
Échappe-t-elle enfin à sa terrible chaîne ?
Abandonnant son cœur à l'erreur qui l'entraîne,
Elle peut présenter à l'autel de l'hymen
Sa vertu, son encens, sa fortune et sa main.
Trouvera-t-elle encor, vestale surannée,
Le mortel qui devait charmer sa destinée ?
Il a fui l'heureux temps, le temps cher aux amours,
Où d'un bras arrondi les gracieux contours
Semaient les vifs désirs, l'enchantement, l'ivresse ;
Où des flots d'un sang pur et bouillant de jeunesse
Soulevaient ce beau sein, trône des voluptés ;
Et d'un visage tendre animaient les beautés.

De la fécondité jamais l'heureux présage
Ne fera sous ses yeux renaître son image.
Quelle honte ! à l'autel, si d'un bras abattu,
Et flétri par le feu du désir combattu,
Elle ose encor suspendre autour d'un front aride
Ces bandeaux étonnés de cacher une ride ;
Mêler, bravant les traits d'un ridicule amer,
Les roses du printemps aux neiges de l'hiver ;
Abaisser sous le joug sacré du mariage
De sa virginité le décrépit hommage,
Et livrer à l'époux si long-temps attendu
D'une sainte froideur l'émérite vertu.

Conte anglais.

Conte anglais,

DANS un certain pays que l'on nomme Angleterre
Il est des gens d'esprit et force originaux,
Il est, enfin comme en toute la terre,
Des fous, de sots amans, des maris bien plus sots.
  Un jeune lord, d'agréable figure
A grands yeux bleus, à blonde chevelure,
Moulé pour les amours, et ne s'en doutant pas,
De l'ignorance aveugle encensait les appas.
  Gras et vermeil, se croyant hydropique.
Souvent il consultait la troupe galénique
  Pour le guérir de sa verte santé,
Et suivait l'ordonnance avec docilité.
  Il était riche, on le jugea malade.
On proscrivit le punch, il but la limonade.
Jamais aux doux plaisirs d'un voluptueux bain
Il ne s'abandonnait qu'un thermomètre en main.
  Un jour il aperçut la charmante Azélie,
Prodige de beauté, douce autant que jolie.

Son cœur battit, plus vif et plein d'émotions;
Il crut être attaqué de palpitations,
De la péricardie et de son noir cortége,
Et fut porter le cas aux docteurs du collége :
« Que pour lui de l'hymen le temple soit ouvert
« Et de ses maux nombreux s'éteindra le concert. »
    De l'Épidaure britannique
Tel fut en peu de mots l'oracle prophétique.
Par décret des docteurs libre de s'enchaîner,
Déjà convalescent, milord plein d'espérance,
Au penchant de son cœur voulut s'abandonner,
Et prendre femme enfin pour suivre l'ordonnance.
La charmante Azélie eut l'honneur de son choix;
Mais au pied du contrat telles furent ses lois :
Je préviens milady que, pour cause importante,
    Des plaisirs seulement par mois
    Les chastes feux brilleront une fois.
A ce sublime effort ma santé triomphante
Jusqu'à la soixantaine amplement pourvoira.
L'amour plus doux encore à nos yeux sourira :
Moins rapide, plus long, son cours sera le même.
Nous goûterons un charme à l'hiver interdit.
Du régime en hymen, Hyppocrate l'a dit,
    Et je respecte son système.

La jeune épouse à ce début galant,
  Monument d'amour à l'anglaise,
  Tenait baissé son regard nonchalant;
Et n'osant d'un soupir dévoiler son malaise,
Sa bouche se taisait; se taire est consentir;
Mais errait sur ses traits un incertain désir.
Peut-être elle pensait qu'ingénieuse à plaire,
Des feux d'un doux baiser, d'un gracieux coup d'œil
Embrasant les frimas du marital accueil
Elle apprivoiserait l'époux atrabilaire.
L'hymen enfin conclu, le soir, un doux bonheur
Vint d'un charme étranger étonner la pudeur;
L'aurore en dispersant sa couronne effeuillée
Vit fuir avec la nuit l'innocence exilée;
  Et quand revint le soir du second jour,
  L'œil demi-clos, étincelant d'amour,
Aux regards d'un époux se présente Azélie.
L'indiscrète pâleur la rendait plus jolie.
O mon ami, dit-elle, étudiant sa voix,
Et balançant sa tête encor de fleurs ornée,
  Sur le budjet de la dernière année
  Vous plairait-il de m'avancer un mois ?

Le jeune Dissipateur.

Le jeune Dissipateur,

NOUVELLE HISTORIQUE.

Je me rappelle que très-jeune, étant au collége, j'en sortis un jour pour assister à une cérémonie funèbre, aussi déplorable par les regrets déchirans que manifestaient les parens du défunt, que par les ciconstances qui venaient d'arracher un respectable vieillard à la vénération de tous ses concitoyens.

Négociant retiré et riche propriétaire, il avait résolu de se soustraire au fracas tumultueux de Paris, et de couler les derniers jours de sa vie au sein du bonheur et de la paix qu'offre la présence de la nature.

Le but de sa tranquillité n'était pas le seul motif qui lui avait dicté cette résolution : père sage et éclairé, il avait cru lire dans les premiers écarts d'un fils unique encore très-jeune, les traits d'un caractère bouillant, impétueux, plein de génie, et capable des plus grandes fautes, comme des plus belles actions. Édouard était presque toujours couronné des palmes d'Apollon dans ces jours de gloire solennelle (beaux souvenirs qui, se mêlant à ceux d'une première victoire aux champs de Mars, accompagnent l'homme jusqu'au tombeau), mais Édouard s'échappait souvent de nuit de son collége, et se livrait à toutes ces voluptés licencieuses que, le jour, son ardente imagination lui faisait dévorer en espoir et en souvenirs. Édouard à dix-neuf ans avait déjà eu trois duels, huit ou dix passions éphémères, et dix-sept couronnes aux concours publics. Étrange contraste! qui n'est que trop fréquent dans ces âmes de feu nées pour l'exaltation et tous les genres d'éclat. Son père, pour éviter le développement plus rapide de ses passions, ou plutôt pour prévenir les dangers de leur explosion totale, résolut de ne point le livrer de suite, au sortir du collége aux brillantes séductions du monde, et le retira près de lui, pour quelques années, dans un hameau situé à trois lieues de Paris. Vaines précautions lorsqu'elles bornent la prudence d'un père. Son père alliait, par un mélange inconcevable, la plus rigoureuse sévérité dans les projets d'éducation à la plus grande faiblesse d'exécution; il semblait que cette arme fût trop pesante pour sa main; l'esprit insinuant d'Édouard, aidé de cette douce éloquence qu'un fils exerce souvent, avec tant d'avantages sur le cœur paternel, avait bientôt obtenu du faible septuagénaire tout ce qui caressait ses inclinations.

Trois mois se passèrent dans cette douce extase, qu'un cœur né bon et sensible éprouve toujours au spectacle d'une riante prairie, de beaux vergers et de ces scènes variées de la nature. Mais Paris, éloigné seulement de trois lieues, envoyait souvent dans cette retraite l'air contagieux de ses débauches. Souvent, après le crépuscule du soir, assis à une fenêtre de sa chambre, Édouard contemplait à travers l'immensité des ténèbres cette auréole de lumière qui plane toujours au-dessus des cités populeuses. Il croyait entendre les joyeuses fanfares des jardins du luxe et des voluptés. Le sourd murmure des passions comprimées se réveillait à ces illusions, et bientôt vint le temps où la chasse, les bals des bourgeois voisins, bals délicieux où la joie éclate sans contrainte, une bibliothéque meublée de tous les livres que son imagination aimait le plus à parcourir, n'offrirent plus à son cœur que des plaisirs d'une fatiguante monotonie. Édouard avait perdu sa mère depuis long-temps, il était entretenu dans une abondance assez brillante dont la libéralité de son père l'environnait, bientôt un élégant tilbury, un cheval de fine race, un jokei intelligent, lui facilitèrent de fréquentes visites à cette brillante patrie des plaisirs que toujours habitaient les vœux. Une maîtresse en titre ne tarda point à occuper tous ses soins et à engloutir toutes ses ressources. Les sommes qui, peu de temps auparavant, eussent pourvu amplement à la superfluité de ses grands jours de dissipation, suffirent à peine alors aux dépenses des jours d'une débauche économe. On emprunta, on ne put rendre, le tilbury, le cheval, vinrent offrir une solvabilité passagère à l'avidité des créanciers, et les dettes se cumulèrent. Hélas ! le malheureux Édouard avait le cœur enchaîné par des liens indissolubles : ni les remontrances d'un bon père, qu'il évitait avec soin, ou auxquelles il opposait une âme inébranlable, ni les avis de ses amis sincères, ni le poids accablant de la nécessité, rien ne put l'arracher aux bras d'une amante qui malheureusement joignait aux présens souvent dangereux de la beauté, les charmes plus perfides encore d'une vive et brillante imagination, et les talens d'un esprit cultivé.

Un matin qu'il puisait sur son sein l'oubli momentané des maux qui le menaçaient. On frappe à la porte, il ouvre ; un jeune homme très-bien mis, affectant les manières de la plus séduisante politesse l'invite à descendre sous le prétexte d'un secret important qu'il ne peut révéler qu'à lui seul. A peine le crédule Édouard était-il descendu, que deux recors l'invitent de par le Roi, les lois et la justice, à les suivre jusqu'en un lieu de sûreté.

Pendant deux jours la plus grande agitation règne sous le toit paternel. Les domestiques se croisent dix fois par jour sur la route. Enfin ce vieux père, accablé par l'âge et l'inquiétude mortelle que lui causait l'absence de son fils, reçoit une lettre de lui ; il l'ouvre, Sainte-Pélagie ! Le tremblement le saisit, sa vue se trouble, il peut à peine achever de lire ; une attaque de paralysie, qui déjà plusieurs fois avait ébranlé sa santé, en trois heures décida de son sort.

Son fils sortit bientôt de prison ; mais quelle liberté, grand dieu ! l'aurore de cette liberté vient luire à ses yeux quand le flambeau des jours de son père venait de s'éteindre ! Il ne fut arraché à l'appareil lugubre de sa prison, que pour en contempler un plus lugubre encore, le convoi d'un père dont il avait involontairement causé le trépas.

Les Deux Songes.

LES DEUX SONGES.

N O U V E L L E.

L'IDÉE de cette nouvelle m'a été prêtée par un ami digne de foi ; j'essaierai d'en semer le récit de quelques fleurs auxiliaires, et de l'habiller des couleurs vaporeuses que la délicate légèreté du sujet semble faire entrevoir : la réalité sera mon guide, et la vraisemblance ne s'évanouira point avec l'ombre des ornemens que doit lui prêter la plume.

A peine j'abandonnais au repos mes membres affaiblis de lassitude, un sommeil tumultueux répandait sur ma paupière ses trompeuses douceurs, mon âme agitée par les chagrins de la veille ne pouvait retrouver la tranquillité ; je sentis un je ne sais quoi de lourd s'appesantir sur ma poitrine. Je crus entendre les accens douloureux d'une voix trop connue de mon cœur répéter mon nom à longs intervalles ; il me sembla voir les rayons incertains d'une pâle lumière, s'avancer, s'approcher de moi ; un nuage grisâtre rouler en tourbillons, s'éclaircir et me dévoiler, en s'évanouissant, un tableau dont le souvenir fait parfois couler mes pleurs : celle dont les charmes enivaient ma jeunesse, le front pâle, le visage décoloré, reposait étendue dans un lit qu'elle ne devait abandonner que pour la tombe. Je me parus transporté doucement à son chevet. Je m'inclinai en silence vers elle ; mon oreille attentive interrogea le souffle léger de sa bouche . elle vivait ! Je restai quelque temps suspendu dans cette attitude, n'osant lui donner le baiser de l'amour, de peur que ma lèvre en effleurant sa joue ne vînt à troubler son doux repos. Je m'assis et posai ma tête près de la sienne, sans la toucher ; mais bientôt je la vis s'agiter par degrés...., son visage se tourna involontairement vers moi, sa longue paupière appesantie se souleva, et me découvrit encore l'azur de ses yeux : l'instinct toujours vigilant de son cœur l'avait avertie de ma présence, mon haleine l'avait réveillée. Les assauts de la douleur n'avaient point encore altéré la beauté de ses traits, ils semblaient même revêtus d'une harmonie plus tendre et plus intéressante.

A demi inclinée sur son coude, elle sembla pour un

instant oublier devant moi la violence de ses tourmens, et profita de ce moment de tranquillité pour me faire entendre les derniers accens de sa voix :

Il est bien insensé, me dit-elle, celui qui compte sur les beaux jours de sa jeunesse pour moissonner paisiblement toutes les fleurs de la volupté ! Qui aurait dit que naguère, lorsque dans nos promenades illimitées, libres et nous abandonnant à nos penchans, nous n'avions tous deux qu'une seule âme pour penser, une seule volonté pour nous conduire, qui aurait dit que huit jours plus tard une partie de nous-mêmes se séparerait pour jamais de l'autre ? Impuissante jeunesse, débile aurore de la vie, non, tu n'es point la saison du bonheur, toi qui n'as point assez de vigueur pour repousser les traits de la mort, tu n'es que l'ébauche de l'existence.

Te rappelles-tu, mon ami, cette soirée délicieuse où, dans ce salon brillant de mille clartés, aux sons amollissans d'une musique harmonieuse, ton regard pour la première fois rencontra et fit baisser ma paupière ? mon tour vint de promener mes doigts sur le clavier mobile ; on voulut bien m'admirer, seul tu semblas interdit de mon succès : ton silence était plus éloquent que l'éloge de ta bouche. Le bal succéda, et vingt fois ta main choisit la mienne parmi les essaims de mes folâtres compagnes. O souvenirs déchirans, cette coupe enivrante des voluptés est tombée de mes mains, et s'est brisée quand ma lèvre l'effleurait à peine.

Non, nous n'entendrons plus le bruit joyeux des orchestres de Terpsichore, nous n'assisterons plus aux jeux savans de Thalie, nous n'irons plus visiter ce bocage épais où nous prolongions jusqu'à la nuit nos entretiens toujours trop courts ; nous ne nous reposerons plus nonchalamment près de la source du vallon, où, sous des berceaux tapissés d'églantine, notre imagination dévorait les pages brûlantes de Rousseau, ou badinait avec la muse du gracieux Bernard.

Ah ! que le songe passager des jouissances s'est éloigné rapidement de mes yeux ! Malheureux Adolphe ! je vais déjà te quitter, et depuis si peu de temps je me flattais de te posséder ! Mes forces m'abandonnent, ton aspect seul les a soutenues aussi long-temps ; ma vue éclairée du feu de tes regards commence à se troubler ; dans un instant, j'aurai tout oublié ; dans un instant, tout aura vécu de moi.

Elle se tut, sa main recueillit un reste de vigueur pour presser la mienne ; elle dénoua une longue tresse

de ses cheveux qu'elle suspendit mollement autour de
mon cou comme pour m'enchaîner plus étroitement à
elle, et sa tête retomba sur mon épaule. Je restai long-
temps immobile à côté de son lit, dans la crainte d'in-
terrompre son sommeil, pensant qu'elle n'était peut-
être qu'endormie; mais un léger mouvement que je fis
dérangea son bras; je crus sentir un poids glacé rouler
sur ma poitrine; un frisson rapide parcourut en un
instant tout mon corps, je m'éveillai, et le son de
l'horloge troublant majestueusement le silence de la
nuit frappa trois fois mon oreille.

J'allais me lever et voler de suite vers la demeure
d'une amie que quatre heures auparavant j'avais en
effet laissée dans un état très - alarmant. Je réfléchis
qu'à cette heure il me serait impossible de pénétrer
jusqu'à elle sans causer une grande agitation. Je ré-
solus d'attendre le lever du jour, et bientôt la lassitude qu'avaient occasionnée les courses fréquentes et
précipitées de la veille me replongea malgré moi dans
le sommeil.

Un calme plus doux se glissa dans mes veines; nul
trouble ne le traversait, nulle impression extérieure ne
me communiquait de frémissement; c'était le silence

parfait de l'imagination détendue, l'anéantissement passager de l'être. Seulement, et ce fut encore une volupté,
il me sembla que mon corps pressait un duvet plus
doux que la plume, plus léger que le coton des fleurs
dont l'oiseau tapisse son nid ; une essence plus suave
que l'iris et le jasmin inondait ma narine, la tunique
orientale revêtait mes membres amollis. Bientôt un berceau magique arrondit au-dessus de ma tête sa voûte
émaillée de mille couleurs, et m'emprisonna dans sa ver-
dure. Une jeune femme agitant les plis d'une longue
robe blanche parsemée de roses, le front à demi om-
bragé des anneaux de sa blonde chevelure, s'avança
vers moi dans une auréole de lumière ; je crus voir
l'Aurore descendre de son char étincelant. Je me levai
et la saluai profondément ; je reconnus les traits d'une
jeune personne à qui la fragilité de mon cœur avait
aussi adressé mon hommage, mais que l'hymen seul
devait remettre en mes bras. (Les charmes attrayans,
les brûlans transports d'une amante avaient su adroite-
ment détourner en moi cette vertueuse inclination.)
Elle s'assit sur un banc de mousse et de gazon et me fit
signe de m'asseoir à ses côtés ; la rougeur de la honte
et de l'embarras se répandit sur mes joues, je ne pus

lui adresser une seule parole ; elle s'aperçut de mon trouble et se plut long-temps à en contempler les progrès. Son regard divinateur, son silence étudié, le sourire ingénieux de ses lèvres, le jeu varié de ses traits, tout en elle semblait accuser ma faiblesse et me reprocher mon inconstance ; elle triomphait, mais l'amour qu'elle m'avait conservé, plus puissant encore que sa vanité, lui fit quitter ce rôle qu'elle ne pouvait plus soutenir. Mon ami, me dit-elle, elle n'est plus celle qui m'a ravi votre tendresse, car vous feignîtes que de sérieuses occupations reculaient vos fréquentes visites. Quelquefois vingt jours sans plaisirs s'allongeaient pour moi dans l'attente, un mois entier, et bientôt je ne vous vis plus. Un sentiment plus attachant que sérieux envahissait toutes vos affections ; je sus tout, je voulus vous écrire : la fierté de mon sexe arrêta ma plume, je dévorai mes chagrins, et depuis nul mortel que les nuages de mon front écartaient, n'osa prétendre à ma main. Elle n'est plus, cette indigne rivale, je viens d'apprendre sa fin, je vole vers vous, je ne crains plus de profaner mon amour en partageant un cœur sur lequel je dois régner entièrement. Jusques à quand prolongerez-vous votre cruelle absence, et différerez-vous le signal de mon bonheur. Hâtez ce moment fortuné :

dès demain, dès aujourd'hui , dès cette heure , je vous pardonne , je suis à vous. A ces mots elle prit un luth placé par hasard sur le gazon et le monta. Sa main en fit frémir les cordes harmonieuses , et sa voix se mariant à leurs doux accords me fit entendre ces accens :

Cruel objet qu'implorent mes amours ,
Où fuyais-tu , délaissant ma misère?
Le malheureux occupait-il tes jours ?
Consolais-tu les ans de ton vieux père ?
Non : ta langueur oubliait les vertus ,
Ton cœur brûlait aux pieds d'une maîtresse ;
Mais le tombeau te ravit sa tendresse.
Je te revois , ne m'abandonne plus.

A ces mots , le luth s'échappa de sa main distraite , elle se pencha vers moi et me donna un baiser si doux que je crus ne sentir que le vol d'une abeille ou la chute d'une feuille de rose qui glissait sur mon front. Je lui tendis les bras pour l'embrasser , elle sourit et s'élança d'elle-même sur mon cœur. Tout ce que la présence de la volupté peut étaler de plus séduisans attraits , tout ce que le désir peut allumer de feux plus ardens se peignait dans ses traits et pétillait dans ses regards. (O femmes! lorsque transportées sur l'aile d'un songe , vous apparaissez à l'idole de votre cœur, où cachez-vous cette rigueur dont s'arme votre inno‑ cence ou votre pruderie?) Je serrais étroitement sur ma poitrine celle qui déjà m'appelait son époux. Le banc de gazon parut se métamorphoser en un sopha plus moelleux que les divans d'Assyrie. Solitude , silence, demi-jour, tout semblait se prêter à notre bon‑ heur. J'allais être audacieux , mon pied innattentif pressa contre la terre le luth abandonné et le brisa; un son plaintif sortit de ses cordes détendues, mon épouse jette un cri de frayeur , s'arrache avec effort de mes bras, et disparaît. Je m'éveillai, et ne vis plus rien autour de moi , que les rayons du jour qui pénétraient mes rideaux; mon sang bouillonnant resta quelques temps à s'apaiser, mais l'impression du premier songe se retraça de suite à mon esprit. Je m'habille à la hâte, je vole inquiet vers la demeure de mon amante, j'en aperçois de loin les volets encore fermés à l'heure où le commerce fait ouvrir toutes les portes. Je ne doute plus de mon malheur ; je précipite mes pas ; une vieille femme à qui la surveillance du seuil est confiée se rencontre sur mon passage. Quelle nouvelle de mon amie ? lui disje. — Elle n'est plus, répond-elle. — A quelle heure ? — A trois heures de la nuit. Votre nom vingt fois répété, a été le dernier de sa bouche. Étrange correspondance ! Inconcevable sympathie des cœurs ! Surnaturel ébranlement ! Avant trois heures je crus entendre les accens de sa voix mourante prononcer mon nom ; à trois heures je crus sentir son bras glacé retomber sur ma poitrine : à trois heures je n'avais plus d'amante !

Mais la main du temps qui efface tout, parvînt enfin à faire disparaître de mon âme ces sombres regrets, cette douleur qui, loin de son aliment, s'affaiblit et s'évapore. Le dernier songe revenait plus souvent reproduire à mon imagination sa riante image, ces gracieux prestiges. Je tentai de reparaître aux yeux de celle que mon inconstance avait outragée. Je m'attendais à sa colère, j'essuyai ses tendres reproches, et bientôt l'hymen m'enchaîna de ses liens éternels aux charmes d'une épouse qui chaque jour augmente et embellit ma félicité.

O songe enchanteur ! d'où venais-tu ? d'une douce émanation de la vertu gémissante : je te bénis, tu voulais mon bonheur. L'autre n'était que le dernier cri, la

dernière secousse de la nature déchirée. Ce n'était que l'ébranlement électrique de deux volcans qui, séparés l'un de l'autre par un espace immense, s'avertissent et se correspondent.

FIN.